tredition®
www.tredition.de

AF396643

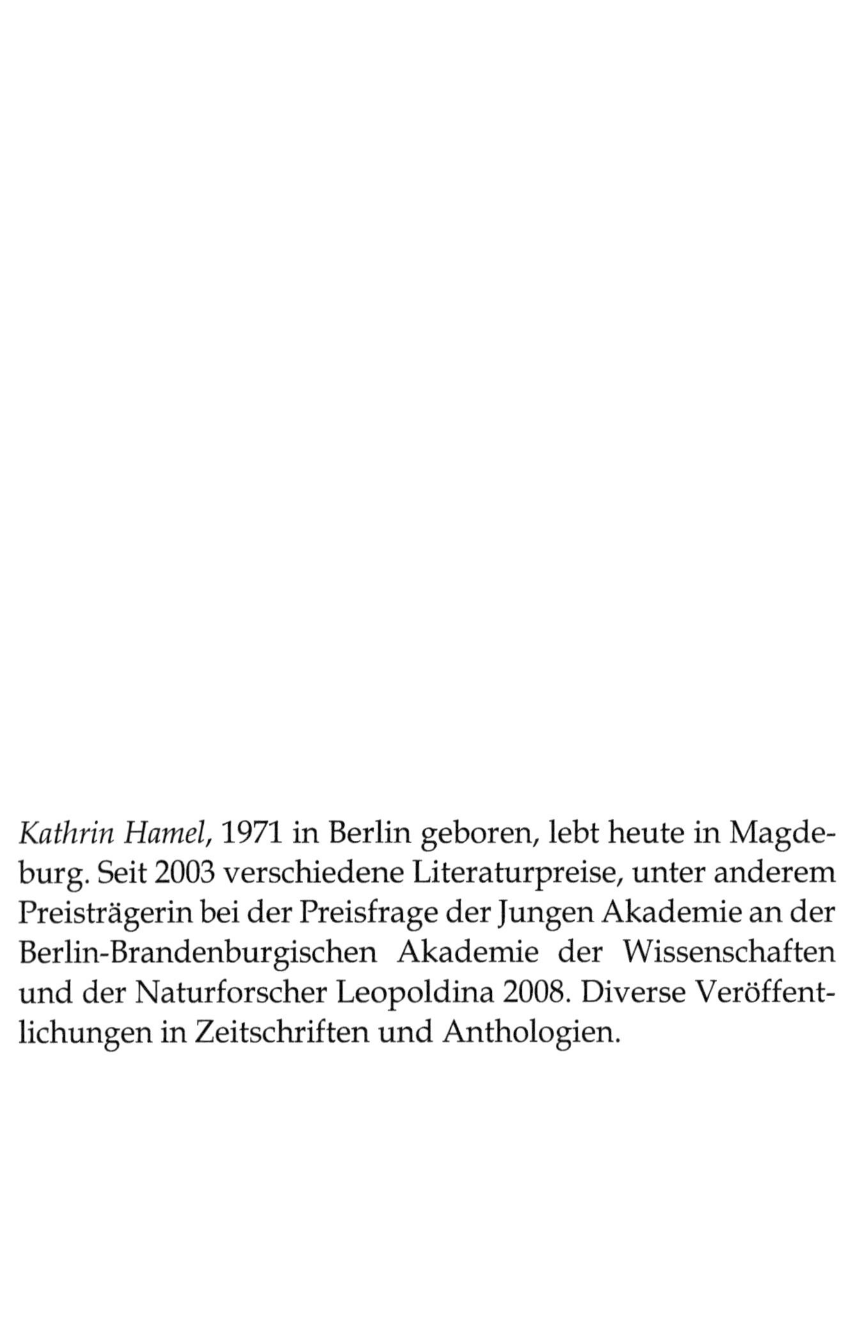

Kathrin Hamel

Erde

Geschichten

www.tredition.de

Verlag: tredition GmbH, Hamburg

ISBN
Paperback: 978-3-7323-6665-1
Hardcover: 978-3-7323-6666-8
e-Book: 978-3-7323-6667-5

Printed in Germany

Inhaltsverzeichnis

Nebenan wohnt der Osterhase

Nebenan wohnt der Osterhase. Der Osterhase heißt Andi und war mein bester Freund.

Ich wühle in der alten Fotokiste. Sehe lange auf das Faschingsbild aus der dritten Klasse, eine kleine Gruppe, Indianer, Cowboys, eine wunderschöne Squaw. Sehe auf das Bild und suche etwas in den jungen Gesichtern, irgendetwas, in den Augen vielleicht, etwas, das sagt, dieser ist stark, kommt klar, wird erfolgreich, sie eine immer müde Kassiererin und er, er ist schwach, ein bisschen verrückt, er passt nicht ins Leben. Suche. Und sehe nur Kinder, die in die Kamera strahlen, unbeschwert, glücklich. Andi, schon damals ein Stück größer als ich, grinst zur Squaw, einen Arm um ihre, einen um meine Schulter gelegt.

Fotos. Meine Eltern, Andi und ich am See. Im Hintergrund die Hochhäuser von Neustadt. Und hier: Unsere Klasse, Einschulung. Andi mit Urkunde. Vierte Klasse, fünfte. Immer andere Klassenlehrer mit auf dem Bild. In der siebten war es schon Frau Prange, Lehrerin für Kunst. Ich weiß noch, damals, wir sollten Selbstportraits malen, alle hatten wir ein Passfoto vor uns und sollten es nachzeichnen. Detailgetreu. Auch Andi hatte sein Foto. Ich glaube, er sah es überhaupt nicht an, die ganze Zeit nicht. Seine Zeichnung sah dem Foto kaum ähnlich. Aber sie war großartig. Er hatte sich gemalt, mit wenigen Strichen, und er war es. Der Andi auf der Zeichnung lebte, war authentisch, zeigte mehr von ihm als alle Fotos. Und die Prange gab ihm eine Fünf. Angeekelt, mit abgespreizten Fingern, hielt sie die Zeichnung vor die Klasse, hielt das Foto daneben. Keine Ähnlichkeit, sagte sie, und überhaupt: viel zu düster. Andi bekam einen merkwürdigen Blick, den ich damals das erste Mal an ihm sah, halb arrogant, halb irre, irgendwie. Er lief nach vorn, riss der Prange das Bild aus der Hand, rannte aus dem Raum.

Klassenfahrten, erste Farbfotos dabei. Siebte Klasse. Liebesskat, Knutscherei. Dann die Berliner Bilder, achte Klasse. Da waren wir das erste Mal richtig besoffen. Nie wieder, habe ich gesagt. Bin bei Cola geblieben am nächsten Abend. Cola, hat Andi gesagt, trink Bier. Bier ist mehr wert, es hat Nährwert, ha ha.

Die Wende. Auf einmal war alles möglich. Wir konnten Abi machen. Nicht nur die Superstreber, die bloß Einsen hatten. Oder die Offiziersbewerber. Fast alle unserer Freunde sind aufs Gymnasium gewechselt nach der Achten. Ich hatte bis zuletzt gehofft, dass Andi mitkommt. Die Prange hatte seine Eltern in die Schule bestellt. Kein Potential, Ihr Sohn, machen Sie sich da bloß nichts vor. Und Andi, intelligenter als die meisten von uns, blieb zurück. Blieb zurück in der Neustädter Schule. Mit den Unbegabten, den Antriebslosen. Blieb zurück mit Lehrern wie der Prange.

Wir haben uns seltener gesehen, ein, zweimal die Woche vielleicht. Haben bei ihm seine Mappen durchgesehen. Oder bolzten wie früher und saßen danach am Rand mit Cola, jetzt in Dosen, und haben zusammen geschwiegen und den Jungs zugesehen. Dann kamen seine Leute dazu, neue, die jetzt in seiner Klasse waren, und brachten Sixpacks mit und soffen und kickten die leeren Dosen zwischen die Jungs, und bauten Büchsenpyramiden und zerschossen sie mit ordentlich Bums, dass die Dosen durch die Luft flogen. Und aus den Fenstern schrien die Leute und die Typen lachten und schossen und tranken ihr Bier. Und Andi machte mit. Wir sahen uns, ein, zweimal die

Woche vielleicht, bald weniger. Schule lief kaum noch in Neustadt, sie haben Schulen zusammengelegt, die guten Schüler weg, auch die Lehrer.

Ich hatte mit der Penne zu tun, neuer Stoff, neue Lehrer. Ab und an habe ich ihn rumhängen sehen, mit seinen neuen Freunden, irgendwelchen Typen, zwischen den Neustädter Wohnsilos. Wir haben ein paar Worte gewechselt, belanglos, Smalltalk, nicht wie früher. Und haben nie mehr zusammen geschwiegen. Ich fand Freunde auf der Penne. Am Wochenende sind wir in die neuen Clubs gefahren. Ohne Andi. Seine Clique traf sich jetzt beim Einkaufszentrum, soff Bier und pisste auf den Parkplatz. Manchmal nickte ich ihm flüchtig zu, oft sah ich weg.

Nach der Penne bin ich nach Berlin, studieren. Nach Hause kam ich alle zwei, drei Wochen nur meiner Eltern wegen. Neustadt, das war nicht das

Neustadt meiner Kindheit, Bolzplatz vorm Haus, Freunde, Kindergarten, Schule, klein zwar und provinziell, doch nett und hübsch und ruhig, vertraut. Zu Hause eben. Neustadt war jetzt grau und kalt, sanierte Häuser mit leeren Fenstern, Parkplätze wo früher Rasen war. Auf dem Bolzplatz das neue Einkaufszentrum und statt fröhlicher Kinder gereizte Menschen, die ihre Einkaufswagen angriffslustig vor sich herschoben, auf der Jagd nach Schnäppchen bis Samstag Nachmittag, dann alles leer, schlagartig einsam und öde. Tot.

Andi hat auf dem Balkon gestanden letzte Woche, hat meine Mutter gesagt, auf dem Geländer, eins seiner Bilder in der Hand auf dem Geländer wankend, und rumgegrölt. Tief fallen kann er ja nicht, habe ich gesagt, und sie hat mich angesehen und den Mund geöffnet und zum Reden angesetzt und dann doch nichts gesagt.

Geh doch mal rüber, sagte sie schließlich, er braucht dich.

Andi war ausgezogen zu Hause, aber wohnte nur zwei Häuser weiter, Einraumwohnung, Parterre, ein Fenster angekippt. Die Klingel war kaputt, ich rief von unten, rief nochmal. Sein Gesicht erschien kurz am Fenster, müde, blass. Ich wartete vier, fünf Minuten, wollte schon gehen, da ging der Summer. Du?, hat Andi gefragt, hi, trinkst du ein Bier mit?, und ich roch, dass es heute nicht sein erstes war. Mit den Flaschen in der Hand saßen wir auf dem Boden. Das Zimmer war fast leer. Bis auf die Bilder. Ich kannte seine Zeichnungen von früher, aber das hier, das hatte ich nicht erwartet, das war richtig gut. Ich habe nicht viel Ahnung von Kunst, aber die Bilder, die Bilder haben mich umgehauen. Und was machst du sonst so?, habe ich gefragt, und er hat mir von seinen

Bewerbungen erzählt. Der schriftliche Test in der Bank war super, doch dann: kein Abitur. Die nehmen lieber so mittelmäßige Spießer, hat Andi gesagt, scheiß drauf. Du kommst doch wieder?, hat er gefragt, als ich gegangen bin. Und ich habe genickt.

Und ich bin wiedergekommen. Immer wenn ich in Neustadt war, habe ich bei Andi reingeschaut. Wenn ich kam, war er jetzt stets nüchtern. Wir saßen auf dem Boden, meist im Chaos, saßen auf dem Boden mit großen Kaffeepötten und schauten auf die Bilder und schwiegen. Ich habe es sogar bei der Post versucht, hat Andi verächtlich gesagt, ha, bester Intelligenztest, den da je ein angehender Postausträger gemacht hat. Und die wollten mich trotzdem nicht. 18 Monate ohne feste Arbeit, habe ich gesagt, klingt nicht zuverlässig, und er hat mich angesehen mit diesem Blick, mit diesem seltsamen Blick, der einem Angst macht.

Dann wurde er Osterhase.

Ein mannshoher Osterhase sprang mich im Einkaufszentrum an, riss seine Maske runter und ich erkannte Andi. Saisonarbeit, sagte er, drei Wochen, sie hätten mir sonst die Stütze gestrichen. Komm mit, sagte er, ich zeig dir was, und zog mich am Arm, zog mich fest am Arm neben sich her, aus dem Einkaufszentrum, in seinem Hasenkostüm, den Kopf unterm Arm, mit zerzausten Haaren und verschwitztem Gesicht, den Blick starr nach vorn gerichtet.

Seine Wohnung sah noch chaotischer aus als sonst. Er hatte zwei Wände bemalt, von oben bis unten bemalt, im Stil seiner Bilder und doch irgendwie anders, krasser, bunter. Er trank in großen Schlucken aus einem Wasserglas und ich roch, dass es kein Wasser war. Und?, fragte er, wie findest du es? Die Formate, die Formate waren falsch, größer ist besser, viel, viel besser, oder? Soll ich uns einen Kaffee machen?, habe ich Andi gefragt, ich habe gerade Kuchen geholt. Kaffee?, schrie er, Kuchen?, Kaffeekränzchen?, ach hau doch ab, ich saufe, na und, ich bin Künstler, Künstler, Toulouse-Lautrec, Hemingway, Poe, Fitzgerald, alle haben sie gesoffen, Dummheit frisst, Intelligenz säuft, friss deinen Kuchen und hau ab.

Am nächsten Morgen, schon auf dem Weg nach Berlin, bin ich nochmal am Einkaufszentrum vorbeigegangen. Und der Osterhase kauerte am Eingang, den Korb neben sich und malte die ohnehin schon bunten Eier an. Die Leute, die fragend stehen blieben, schien er nicht wahrzunehmen, die Kinder nicht, nicht mich. Er saß nur da, saß völlig abwesend da, und malte.

Das Faschingsbild. Indianer, Cowboys, die Squaw. Ich sehe die Kinder, die in die Kamera strahlen, unbeschwert, glücklich. Geh doch, sagt meine Mutter, er war dein bester Freund.

Gebäude N?, frage ich die Frau am Empfang. Offen oder geschlossen, fragt die zurück. Ich nenne ihr Andis Namen. N 2, sagt sie, geschlossen. Um die N 2 zu betreten, muss ich klingeln. Ein sehr kräftiger Pfleger öffnet. Letztes Zimmer links, sagt er, höchstens zwanzig Minuten, ihr Freund braucht noch Ruhe. Eine Frau auf dem Gang spricht mich an, erzählt von ihrem Sohn, ihren Hunden und von Erbspüree und erzählt und erzählt noch immer als ich langsam weitergehe, mich nach und nach von ihr abwende, hält mich fest, so dass ich mich losreißen muss. Ein alter Mann starrt mich an, mit leeren, wässrigen Augen und eine Frau sehe ich, ganz jung noch, ein Mädchen eher, mit Piercings im Gesicht. Ich schiebe mich durch den

Gang, viel zu langsam komme ich vorwärts, schiebe mich bis zum letzten Zimmer. Vier Betten stehen dort und ein fünftes, provisorisch reingeschoben, direkt vorm Fenster. Dort liegt Andi. Hi, sagt er, und richtet sich langsam auf, die wollen mich doch tatsächlich aufs Trockendock legen. Zusammen mit den Irren. Und ich stelle die Kiste auf sein Bett, die alte Fotokiste, und Andi hält das Faschingsbild und wir sehen auf die Gruppe: Indianer, Cowboys und die wunderschöne Squaw. Und wir suchen etwas in den jungen Gesichtern, irgendetwas, in den Augen vielleicht, etwas, das sagt, dieser ist stark, kommt klar, wird erfolgreich, sie eine immer müde Kassiererin und er, er ist schwach, ein bisschen verrückt, er passt nicht ins Leben.

Und wir sehen nur Kinder, die in die Kamera strahlen. Unbeschwert und glücklich.

Glück

Ich stehe auf dem Dach, und mein Blick schweift über Berlin. Die Band hier oben spielt tapfer gegen das Open Air unten auf dem Gendarmenmarkt an. Die Menschen ringsum sind fröhlich, ausgelassen. Grußworte, Reden, viele Reden, schließlich die Preisverleihung – das alles liegt hinter ihnen, nun wollen sie essen, trinken, feiern. Samstag Abend, fast Nacht schon: Berlin ist in Festlaune. Das Open Air leuchtet von unten, rot, purpur, orange. Der Fernsehturm scheint greifbar nah. Selbst jetzt ist es noch mild hier oben. Ein ganz leichter Wind weht und trägt den Duft der abendlichen Großstadt mit sich. Immer wieder kommt jemand auf mich zu und gratuliert, Künstler, Studenten, Professoren. Schöne Geschichte, sagt die Bühnenbildnerin, die die Ausstellung gestaltet hat, guck, hier in den Schuhen steckt eigentlich dein Text, den liest gerade jemand. Ein letztes Mal Aufstellung der Preisträger zum Foto. Ich bin erschöpft, seit 14 Stunden auf den Beinen, die lange Fahrt, die Aufregung. Und ich bin glücklich. Mein Blick schweift über Berlin, die Stadt, in der ich geboren bin. Deine Stadt. Ich stehe auf dem Dach mitten in Berlin, und ich bin glücklich.

Glück ist das, was du dafür hälst, hast du immer gesagt.

Du hast Glück gehabt, haben sie gesagt. Glück, dass du nicht in Berlin warst im Juli 45, als deine Mutter und Berndchen krank geworden sind. Glück, dass du dich nicht anstecken konntest. Glück, dass du lebst.

Du warst auf dem Lande mit deiner Oma, als deine Mutter und Berndchen gestorben sind. Als dein Opa den Sarg gezimmert hat für seine Tochter, seinen Enkel. Es ging alles so schnell. Sie haben Halsschmerzen bekommen und zwei, drei Tage später waren sie tot.

Du hast Glück gehabt, du warst weit weg. Weit weg, als dein Opa mit vier Männern die Särge auf einem Handwagen zum Friedhof karrte, weit weg, als deine Mutter und Berndchen beerdigt wurden. Du warst nicht dabei, als dein Vater, auch er infiziert, dem Opa seinen letzten Willen diktiert hat. Dein Vater ist durchgekommen, du hast Glück gehabt.

Nichts war wie vorher, danach. Trümmerhaufen, darin gespenstisch aufragend, was von Häusern und Kirchen, von Straßen und Plätzen übrig geblieben ist. Trümmerhaufen und Scherben und Armut. Das war das Berlin, in das du zurückkehrtest. Du hattest Glück, du hattest Menschen, die sich um dich kümmerten. Ein paar Wochen hast du bei den Großeltern gewohnt. Oder bei Onkel Fritz, bei Tante Else. Irgendwann kam dein Vater aus dem Krankenhaus, irgendwann wurde eure Wohnung wieder freigegeben. Niehofer Straße, Hohenschönhausen. In dem Block hatten die Russen ein Lazarett gehabt. Das Wasser stand kniehoch im Keller, als ihr zurückkehrtet, Kot im Klo, im Waschbecken, überall. Alles stank, vieles fehlte. Doch ihr hättet Glück gehabt, haben sie gesagt. So viel gerettet in der Trümmerwüste Berlins.

Alle wollten dich, du hattest Glück, deine Großeltern hätten dich gern weiter bei sich gehabt, doch auch dein Vater wollte dich um sich haben. Abends. Tagsüber bist du, sechs, sieben Jahre alt, umhergestreift in den Trümmern Berlins. Du hattest Glück: Frau Weigelt aus der Laubenkolonie hat sich ein wenig um dich gekümmert. Dein Vater war den ganzen Tag in der Fabrik. Enttrümmern.

An deinen ersten Schultag erinnerst du dich gut. Die Schuhe, die dein Opa dir gefertigt hatte, sind unterwegs kaputt gegangen, und du bist zu spät gekommen. Doch das ist gar nicht aufgefallen, du hattest Glück, ihr wart fast 50 Kinder in der Klasse. Ohnehin waren deine Lehrer in den ersten Wochen vor allem mit Aufräumen beschäftigt. Und auch ihr Kinder habt geholfen, die Schule wieder herzurichten, habt Fenster mit Pappe vernagelt und im Hof Trichter und Gräben zugeschaufelt. Schulspeisung war dein liebstes Fach, euren Schulgarten zu bestellen wichtiger als Rechnen oder Schreiben.

Als es im Winter wochenlang keine Kohlen gab, hattet ihr Kälteferien. Jeden dritten Tag bist du zur Schule gelaufen und hast neue Hausaufgaben abgeholt. Du hast dann bei Frau Weigelt an den

Aufgaben gesessen. Oder bei den Großeltern, bei Onkel Fritz, Tante Else.

Der nächste Winter war noch kälter. Das Thermometer fiel auf minus 20, minus 30 Grad. Diesmal gab es über Monate Kälteferien. Ihr habt Brennholz in den Trümmern gesucht, Balken aus kaputten Dächern gesägt. In eurer Not habt ihr eines Nachts mit dem Nachbarn den Baum im Hof gefällt. Es gab einen Riesenaufstand deswegen, keifende Nachbarn, Rufe nach der Polizei sogar. Ihr habt Glück gehabt, einen geordneten Polizeidienst gab es noch nicht im Winter 46/47. Die Nachbarn haben ihren Anteil bekommen und sind am Ende abgezogen, glücklich mit Holz unter den Armen.

Der folgende Sommer war heiß, Hitzesommer 47. Die Sonne taute die Menschen auf, kitzelte ihre Lebensfreude wieder heraus, ihre Lust auf Liebe.

Ihre Gier nach Glück. Das Leben in Berlin hatte begonnen, in normale Bahnen zurückzukehren, der gröbste Schutt war weggeräumt, von den Straßen und aus den Seelen. Du hast dir nichts dabei gedacht, zuerst, dass du jetzt auch am Abend oft allein warst. Bis dein Vater dir Gerda vorstellte, klein und drahtig, entschlossener Blick. Bald sind wir wieder eine Familie, hat dein Vater gesagt, und in seinem Blick lag Sehnsucht, eine ganz normale Familie, freust du dich?

Verstockter Kerl, hat Gerda gesagt, ich komme nicht ran an ihn, an deinen Vater gewandt, doch laut genug, dass du es hören konntest. Als Anett geboren wurde, war dein Vater schon krank. Husten zuerst und Heiserkeit, bald hat er Blut gespuckt und nur noch rasselnd geatmet. Es ging ganz schnell auf einmal. Dein Vater musste ins Krankenhaus und du warst allein mit Gerda und dem Säugling. Du hast versucht zu helfen und hast doch nichts richtig gemacht.

Du warst geschockt, als dein Vater Weihnachten nach Hause kam. Dünn war er, dünn und klein und ausgemergelt wie seit dem Krieg nicht mehr, eingefallen seine Wangen. Bevor er ins Krankenhaus zurück musste, hat er dich zu sich gebeten. Wenn ich nicht mehr bin, hat er gesagt, heiser, von Hustenanfällen unterbrochen, wenn ich nicht mehr bin, bitte bleibe bei der Familie, bleibe bei Anett und Gerda. Nein, hast du geschrien, nein, lass es keinen Abschied sein, nein, du wirst gesund, du kommst wieder, du hast das schon einmal geschafft. Und nein, hast du gedacht, nicht bei Gerda. Nicht bei Gerda. Bitte, hat er gesagt, sie brauchen dich. Und du konntest sein Gesicht nicht mehr ertragen, von Schmerzen verzerrt. Und du hast ihm alles versprochen.

Vom neuen Jahrzehnt hat dein Vater nur wenige Tage erlebt. Deine Großeltern wollten, dass du zu ihnen kommst. Eine Tante wollte dich nach Wiesbaden holen. Doch du hast an dein Versprechen gedacht und bist bei Gerda geblieben. Du hast kaum etwas erzählt über die folgenden Jahre. Nur manchmal ist es herausgeplatzt aus dir, manchmal, wenn ich wegen Kleinigkeiten unglücklich war, genervt von Belanglosigkeiten. Glück ist das, was du dafür hälst, hast du dann immer gesagt. Und mir von deinem Glück erzählt, wenn Gerda und Anett im Sommerurlaub waren, ohne dich, und du allein warst in Berlin, Ferien, endlich frei, endlich Kind, mit dreizehn, vierzehn, fünfzehn Jahren allein in Berlin. Davon erzählt, wie du gestromert bist im Faule-See-Park, baden warst im Müggelsee, wie du deine Großeltern in Spandau besucht hast. Keine Anett war da, die du jeden Morgen noch vor der Schule in den Kindergarten bringen musstest, keine Gerda, die geschrien und geschlagen hat, wenn die Kartoffeln abends nicht geschält waren, die Wohnung nicht sauber genug. Keine Lehrer waren da, die getadelt haben, wenn du deine Hausaufgaben nicht geschafft hast, die Nase gerümpft, wenn du mit einem Trainingsanzug ins Theater kamst. Du hattest Ferien, ein, zwei Wochen hattest du frei. Und du warst glücklich.

Du bist 18 geworden und hast nicht einen Tag länger gewartet. Noch an deinem Geburtstag hast du deine Sachen gepackt, zwei Taschen waren das nur, hast all deine Sachen gepackt und bist wortlos zur Tür gegangen. Undankbares Gör, hat Gerda dir hinterhergeschrien, Glück, hast du gehabt, dass ich mich um dich gekümmert habe all die Jahre, hattest ja keinen. Du hast Anett kurz über den Kopf gestrichen und bist wortlos gegangen.

Raketen steigen in die Nacht und verwandeln
Berlins Himmel in ein Lichtermeer. Ein Feuer-
werk. Mein Blick schweift über Berlin, die Stadt,
in der ich geboren bin. Deine Stadt. Ich stehe auf
dem Dach mitten in Berlin und ich bin glücklich.

Irgendeine

Die Neonlampe spendet grelles Licht und will uns glauben machen, dass schon Tag ist. Schwere Tritte nähern sich mit dumpfem Klang. Daneben die hastigen Schritte von Madleen. Aus dem Nichts taucht plötzlich Irgendeine auf, streckt sich und reckt sich und bringt sich in Positur. Guten Morgen, Herr Mellers, guten Morgen Madleen, flötet Irgendeine. Ihr Mund lächelt freundlich. Doch ihre Augen, kalt und stechend blau, schießen spitze Pfeile durch die Luft.

Ist wohl was Besonderes, unsere Madleen, zischt Irgendeine, was macht die denn schon? Den ganzen Tag mit Chefchen herumreisen, wichtige Leute treffen und Häppchen essen. Das könnte ich auch. Und ihre Augen schießen Pfeile durch die Luft, haarscharf an meiner Wange vorbei und

ich spüre noch den kalten Lufthauch als es hinter
mir schon klirrt und die Scheibe splittert.

Als ich in ihr Büro trete, beugt sich Irgendeine
mit den blauen Augen gerade über Irgendeine.
Und wie Flötentöne schweben ihre Worte zart
und werbend in der Luft. Irgendeine, jung und
dunkel schön, liest von ihren Lippen. Madleen
hat Geburtstag morgen, sage ich, mögt ihr unter-
schreiben? Die, sagt Irgendeine, gehört doch gar
nicht richtig zu uns. Ist sowieso die meiste Zeit
mit Chefchen unterwegs. Und wir müssen ihre
Arbeit machen. Und ihr Blick fliegt, Beifall hei-
schend, zu Irgendeiner, jung und schön und Irgendeiner, die noch lernt, und beide nicken fast
synchron. Bis Irgendeine mit den blauen Augen
gönnerhaft zum Stift greift.

Tut mir leid, sage ich zu Madleens Besucher, sie
ist noch nicht zurück. Es kann nicht mehr lange

dauern. Bestimmt kann Ihnen solange die Kollegin weiterhelfen. Ich stecke meinen Kopf ins Büro nebenan. Könntest du bitte Madleen vertreten?, frage ich Irgendeine mit den blauen Augen, ich habe gleich einen Arzttermin. Irgendeine schüttelt den Kopf. Das geht jetzt wirklich nicht, sagt sie, und ihr Blick fliegt zu Irgendeiner, jung und schön, und Irgendeiner, die noch lernt, ich bin gerade sehr beschäftigt. Und sie fängt an, den Computer zu verpacken. Nimmt einen großen Karton und polstert ihn aus. Maischip für Maischip rieselt bedächtig durch ihre Finger, ein Zentimeter, drei, fünf, bis der Boden wirklich gut bedeckt ist, schwere Ware schlägt sonst durch, sagt Irgendeine mit den blauen Augen, auch die Polsterung rundherum ist wichtig. Bedank dich bei Madleen, sagt sie, bedank dich bei Madleen. Aber packen kannst du doch, sage ich zu Irgendeiner, die noch lernt. Das geht jetzt aber zu weit, faucht Irgendeine mit den blauen Augen, ich bin mir nicht zu fein zum Packen. Und verlässt das Büro – auf der Suche nach Luftblasenfolien.

Wie auf heißen Kohlen sitze ich im Besprechungsraum, als Madleen hereinrauscht, mir ein Danke zuhaucht, und sich dem Besucher zuwendet. Im Hinausgehen sehe ich, wie sie hastig nach dem Kaffee greift. Bemerke die dunklen Ringe unter ihren Augen und wie sie ihre Schläfen reibt.

Madleens Geburtstag. Zögernd schleichen sie der Gruppe hinterher, Irgendeine mit den stechend blauen Augen, Irgendeine, jung und schön, Irgendeine, die noch lernt. Muss das wirklich sein?, fragt Irgendeine mit den blauen Augen, und schickt ihre Giftpfeile von Irgendeiner zu Irgendeiner zu Irgendeiner und trifft. In Madleens Büro prescht Irgendeine mit den stechend blauen Augen plötzlich vor. Nimmt Madleen in den Arm, drückt und herzt sie überschwenglich. Und ihr

Blick gleitet an Madleens Wange vorbei, fixiert sekundenlang den Chef. Dann löst sie sich von Madleen und wendet sich Irgendeiner zu und Irgendeiner und Irgendeiner. So, zischt sie leise, das wäre abgehakt, gerade laut genug, dass Madleen es noch hören muss.

Madleen fährt mit Herrn Mellers zu den Niederlassungen des französischen Unternehmens. Trägt ihm die Tasche hinterher, übersetzt seine Reden, spricht Protokolle ins Diktiergerät, tippt sie auf der Rückfahrt ab. Zur gleichen Zeit steht Irgendeine mit den stechend blauen Augen im Flur. Und wie Dartpfeile fliegen ihre Worte von Büro zu Büro, zu Irgendeiner und Irgendeiner und Irgendeiner und treffen ins Bull´s eye. Madleen ist weg, zischt Irgendeine, mit Chefchen weg, und wir, wir machen die Arbeit. Hier, faucht Irgendeine mit den blauen Augen, hier ist Madleens Arbeit, und wirft die Stapel auf die Tische von Irgendeiner und Irgendeiner. Die musst du jetzt machen, sagt sie zu Irgendeiner, dunkel schön, und du, zu Irgendeiner, die noch lernt.

Na, wie war es?, fragt Irgendeine mit den blauen Augen Madleen am Abend. Alles schön? Und ihr Mund lächelt Madleen freundlich an. Und die Augen, kalt und stechend blau, schießen spitze Pfeile durch die Luft. Gut, sagt Madleen, und errötet. Sie geht weiter, vorbei an Büro und Büro und spürt den Frost, von Irgendeiner, dunkel schön, und Irgendeiner, die noch lernt. Kühle kriecht in ihre Ärmel, kraucht an ihren Beinen, ihrem Körper hoch.

Irgendeine textet an den Mitarbeiterprofilen fürs Intranet. Über sie gebeugt steht Irgendeine mit den blauen Augen. Hochschulabschluss in Romanistik, sagt sie, *und* in Germanistik, das muss nun wirklich nicht alles rein. Die macht sich doch nur wichtig. Unsere Texte sind viel kürzer. Du hast ja auch nicht studiert, sage ich. Irgendeine schaut auf, sie mustert mich mit Augen, eiskalt und stechend blau. Ach ja, sagt sie, und starrt mich an und nimmt Witterung auf, ach ja, dein Text ist ja auch so lang. Auf dem Weg zurück in mein Büro fühle ich ihren kalten Blick im Nacken. Und zucke zusammen, als ihr Eispfeil mich trifft.

Wortfetzen wehen in den Flur, unerhört ist das, die hat wohl was mit, ist was Besonderes, schafft doch nichts. Schwirren umher und lassen sich nieder, zarte Eisblumen zuerst, recken sich und strecken sich, ergießen sich. Irgendeine ist nett, Irgendeine ist beliebt, Geflüstertes wird zur Währung, in der bezahlt wird und kassiert.

Zitternd steht Madleen in meinem Büro. Ich glaube, die reden über mich, sagt sie. Und wenn schon, sage ich: Die Worte fliegen auf, der Sinn hat keine Schwingen. Wort ohne Sinn kann nicht zum Himmel dringen. Shakespeare, sage ich, als Madleen mich fragend anschaut.

In der Kantine sitzt Herr Mellers allein am Tisch. Wo wollen wir uns hinsetzen?, frage ich die Kollegen. Zielstrebig, mit dampfendem Tablett in der Hand, steuert Irgendeine Herrn Mellers Tisch an. Sie hat sich schick gemacht, Lippenstift, spiralförmige Ohrringe, blaues Kleid. Irgendeine schwebt durch den Raum und alle folgen ihr. Herr Mellers, flötet sie, heute ohne Frau Merk?, ach ja, sie ist ja krank, die Arme. Dürfen wir Ihnen dann vielleicht Gesellschaft leisten? Irgendeine sprüht vor Charme, lacht ihr warmes, kehliges Lachen. Ja, die Frau Merk, sagt sie, unsere Madleen, sie sah so schlecht aus in den letzten Wochen. Wir haben uns alle schon Sorgen gemacht, sagt sie, und legt ihr Gesicht in bekümmerte Falten. War wohl alles ein bisschen viel für sie, und es nicken Irgendeine und Irgendeine und

Irgendeine, klar, dass sich da mal Fehler ein-
schleichen. Wir würden ihr ja gerne Arbeit ab-
nehmen. Was meinen Sie?, Herr Mellers, Sie sind
doch immer offen für Neues.

Die Neonlampe spendet grelles Licht und will
uns glauben machen, dass schon Tag ist. Schwere
Tritte nähern sich mit dumpfem Klang. Daneben
die zaghaften Schritte von Madleen. Irgendeine
streckt sich und reckt sich und bringt sich in Positur. Guten Morgen, Herr Mellers, guten Morgen
Madleen, flötet Irgendeine. Ihr Mund lächelt
freundlich. Doch ihre Augen, kalt und stechend
blau, schießen spitze Pfeile durch die Luft. Bald
ist die raus, sagt Irgendeine, zu uns gewandt,
bald ist die raus, da wette ich drauf.

Ungewohnt laut hallt Madleens Stimme durch
den Flur. Als ich ihr Büro betrete, habe ich sofort

ein Bild aus meiner Kindheit vor Augen. Als unser schwarzer Beo plötzlich zu unserem kleinen weißen Meerschweinchen flog und ungestüm auf es einhackte. Irgendeine fährt ihre Krallen aus. Ohne die Stimme zu erheben, knallt sie Madleen Listen auf den Tisch, das, zischt sie, und das, das war dein Job. Ich war unterwegs, schreit Madleen, ringt um Fassung, mit Herrn Mellers, wann sollte ich das denn bitteschön machen? Du musst ja nicht zu jedem Termin mitfahren, hackt Irgendeine weiter auf sie ein, und ihre Augen sprühen eisige Funken. Und das bestimmst du, ja?, ausgerechnet du?, schreit Madleen in einem letzten Versuch, sich den Krallen zu entziehen, ihre Stimme wird dünn. Und bricht. In diesem Moment steht Herr Mellers in der Tür, was ist denn hier los, meine Damen, bitte keine Zickenkriege im Büro. Und Madleen, versehrt, schaut weg, bemüht, den letzten Rest Fell zu retten. Alles schön, sagt Irgendeine, und lächelt königlich, alles schön, Herr Mellers. Shakespeare hat sich geirrt, sage ich, und verlasse den Raum.

Madleens Hand zittert, als sie die Telefonnotiz schreibt. Zittert, als sie nach der Kaffeetasse greift. Geht es dir nicht gut, Madleen?, fragt Irgendeine im Vorbeigehen, ein breites Grinsen im Gesicht, lass dich doch nochmal krankschreiben. Wehre dich doch, sage ich, du bist nicht allein, ich sehe doch, was hier abgeht. Du vielleicht, sagt Madleen, und der Rest denkt, ich spinne. Ich will das nicht mehr, sagt sie, und ich kann auch nicht mehr, ich esse nicht, ich schlafe nicht, ich kann mich nicht konzentrieren. Ich lasse mich von ihr provozieren, ich heule los bei jeder Kleinigkeit. Ich kündige.

Die Neonlampe spendet grelles Licht und will uns glauben machen, dass schon Tag ist. Schwere Tritte nähern sich mit dumpfem Klang. Daneben klappern die Absätze von Irgendeiner mit den blauen Augen. Guten Morgen, flötet sie gutgelaunt in alle Türen, guten Morgen. Nun hast du erreicht, was du wolltest, sage ich. Sie fixiert mich. Ja, sagt sie, und ihr Mund lächelt dabei. Doch ihre Augen, kalt und stechend blau, schießen spitze Pfeile durch die Luft, haarscharf an meiner Wange vorbei und ich spüre noch den kalten Lufthauch als es hinter mir schon klirrt, und die Scheibe splittert. Ja, sagt Irgendeine freundlich, und fixiert mich wie ein Beutetier.

Mir ist kalt.

Kein Problem

Du sitzt auf dem Boden und hämmerst auf deine Wanderstiefel ein. Viel zu groß ist der Hammer für deine Hände, zu schwer für deine dünnen Handgelenke. Doch beharrlich schlägst du auf die groben gelben Stiefel. Der Verkäufer hat dir gesagt, dass sie bequem werden und anschmiegsam, wenn du sie nur lange genug weich klopfst.

Kein Problem, hast du damals gesagt, wir schaffen das, alles schafft man, wenn man nur will. Und es war auch nicht schlimm am Anfang. Du warst gesund, jeden Tag spritzen, kleine Dosen nur, mehr als drei Eizellen sollten nicht reifen. Ein paar Termine in der Klinik, Ultraschallkontrolle, alles bestens, das bisschen Bauchweh, kein Problem. Ganz aufgeregt hast du auf dem Stuhl gesessen beim ersten Mal, nackt, die Beine gespreizt, auf die Stützen gelegt, dicke Socken an den Füßen. Richtig fröhlich warst du, damals, erwartungsvoll. Hast dir alles erklären lassen, als die Ärztin den Katheder eingeschoben hat. Ziept ein bisschen, hast du gesagt, kein Problem. Du hattest dir frei genommen für den Nachmittag, dich hingelegt, schöne Musik gehört, du wolltest alles richtig machen. Du hast gewartet, dreizehn Tage, vierzehn, gehofft, getestet, negativ, macht nichts, vielleicht zu früh, hast du gesagt und weiter gehofft. Als du geblutet hast, hast du geweint, nur ein bisschen. Kein Problem, hast du gesagt, beim ersten Mal klappt es fast nie.

Aus dem ersten Mal sind zwei geworden, drei und vier und fünf. Routine. Täglich hast du deine Dosis gespritzt. Termine früh am Morgen, vor der Arbeit noch, am Bildschirm hat dir die Ärztin gezeigt, wie die Eizellen wachsen, 14 mm, 16 und 20, zwei Stück, meistens drei. Deine Pläne hast du gehabt, wo drauf stand, wann du wiederkommen musst. Und wann wir Sex haben sollten. Kein

Problem hast du gesagt, ist eben mal so, jetzt. Und mittags die Termine, wenn sie den Katheder eingeschoben hat, eben mal kurz zwischen zwei Versuchsreihen. Da bist du ja endlich, haben sie gesagt, auf Arbeit, wenn du zurück warst, mit aufgeblähtem Bauch, in dich rein hörend, ob das Timing stimmt, ob die Zellen platzen, bevor das Sperma zur klebrigen, leblosen Masse wird.

So klappt das wohl nicht, haben sie in der Klinik gesagt. Dann eben künstlich.

Dann eben künstlich, hast du gesagt. Und als der Professor uns erklärt hat, dass die IVF nicht wirklich künstlich ist, sondern ganz natürlich, eigentlich, im Reagenzglas eben, ganz natürlich, hast du gegrinst und gesagt, ja ja, kein Problem. Sie haben dir einen neuen Plan geschrieben. Na bloß gut, dass ich mal studiert habe, hast du gelacht, als die Ärztin dir alles eingezeichnet hat. Einen

Monat früher als sonst solltest du mit dem Spritzen anfangen, Downregulierung. Größer waren sie, die neuen Spritzen, die du schon einen Monat vorher setzen musstest, hast täglich gewechselt vom linken Schenkel, zum rechten, linken, voll blauer Flecken waren sie, deine Schenkel, und grüner, gelber, alter von den letzten Tagen. Na ja, hast du gesagt, wenigstens gehts vorwärts, und dich auf den Tag gefreut, als du mit dem Stimulieren beginnen solltest. Laut Plan.

Tut mir leid, hat die Ärztin gesagt, als sie dich nochmal untersucht hat, Sie haben einen Polyp, wir können nicht stimulieren, der muss erst raus. Keine Angst, hat sie gesagt, das ist eine kleine Sache, drei Tage stationär, das ist alles.

Du warst schon wach, als sie dich mittags aus dem Fahrstuhl geschoben haben, gestrahlt hast du, jetzt ist er raus. Wenig Schmerzen, wenig Blut. Uns geht es noch gut, hast du gesagt, und

von der anderen erzählt, deren Eileiter sie durch-
gängig gemacht haben, jetzt schon wissend, dass
sie bald wieder verkleben. Auf der Wachstation
läge die nach dem Bauchschnitt, aber dir, dir
ginge es gut. Wir haben wirklich Glück, hast du
gesagt, dass bei uns eigentlich alles in Ordnung
ist.

Sprachlos warst du, als sie dir am nächsten Morgen gesagt haben, dass der Polyp noch drin ist.
Hätte zu stark geblutet, haben sie gesagt, wir be-
reiten Sie jetzt vor. In der Klinik hast du deine
Tränen zurückgehalten, stark wolltest du sein,
kein Problem. Alles nochmal, hast du zu Hause
gesagt, alles nochmal, in drei Monaten, und hast
geweint und geweint, geweint. Da wusstest du
noch nicht, dass die OP nicht das Schlimmste
war, sondern die Zeit bis dahin. Drei Monate lang
hast du Spritzen bekommen, Kapseln unter die
Bauchdecke, die durften wir diesmal nicht selber
setzen. Im zweiten Monat hat es angefangen,

knallrot warst du plötzlich, Schweißperlen auf der Stirn, im Büro, beim Friseur, mitten in Besprechungen, nicht zu übersehen. Scheiße, hast du gesagt, Hitzewallungen mit neunzwanzig, was sag ich denn da. Und geweint hast du oft. Tut mir leid, hast du gesagt, ich will das nicht, das kommt von alleine.

So geht das nicht weiter, hast du gesagt, und wir haben die Wanderstiefel gekauft und sind ins Gebirge gefahren. Wir haben versucht, es uns gut gehen zu lassen, haben gelacht, geliebt, gegessen, getrunken, sind gelaufen und gelaufen. Doch die Stiefel haben gedrückt.

Guck mal, ich bin jetzt schon schwanger, ha ha, hast du gesagt, Monate später, und mir deinen aufgeblähten Bauch gezeigt, unecht, überstimuliert. Viel trinken sollst du. Sechs Eizellen haben sie rausgeholt, Vollnarkose, kein Problem. Den

Krankenschein für vierzehn Tage hast du abgelehnt, ach was, dir gings ja gut, in drei Tagen wärst du wieder fit. Du hast dich nicht getraut, die Nummer des Labors anzurufen am nächsten Tag, mach du, hast du gesagt und zitternd dagesessen. Leider hat keine Befruchtung stattgefunden, haben sie mir am Telefon gesagt, und noch mehr, doch was ich behalten habe, ist: Null. Null Befruchtung, hast du gefragt, nicht eine einzige, Null?

Wir sind wieder rausgefahren, haben versucht, fröhlich zu sein, die Natur zu genießen, sind gelaufen und gelaufen. Und die Stiefel haben gedrückt. Niemand redet drüber, hast du gesagt. Die Kliniken sind voll, voll von Frauen, die mühsam lächeln, wenn Kollegen beim Mittag von ihren Kindern schwärmen, die selbst ihren Eltern nichts erzählen, wenn die zum tausendsten Mal fragen, wann sie Oma und Opa werden, Frauen, die versuchen sich zu freuen, wenn ihre Freundin schwanger ist. Und keiner redet drüber. Wir arbeiten, funktionieren, kein Problem.

ICSI genehmigt, hat der Professor gesagt, da haben Sie Glück mit der Kasse, oft muss man zwei Nullrunden drehen. Zwei Versuche haben Sie noch, hat er gesagt, zwei Versuche, bei denen die Kasse zuzahlt. So mit zweitausend Euro müssen Sie trotzdem rechnen. Pro Versuch. Wir denken drüber nach, hast du gesagt, und Respekt gehabt vor dem, was da passieren sollte. Vergewaltigung der Eizelle, hast du gesagt, ich weiß nicht recht.

Zwei Jahre haben wir nachgedacht. Manchmal waren wir entschlossen, aufzuhören. Wir sind irgendwo hingefahren, wo keine Familien waren, Wälder, Berge, waren wandern irgendwo, wo außer uns fast keiner war. Doch deine Schuhe haben gedrückt. Sag du, habe ich immer gesagt, es ist dein Körper, den sie kaputtmachen. Zweitausend

Euro, hast du gesagt, keine Garantie, nur eine Chance, zwanzig, fünfundzwanzig, vielleicht dreißig Prozent. Wie machen das die anderen? Welche anderen? Die Kliniken sind voll, neue, private Kinderwunschkliniken entstehen, sogar in den ärmeren Städten. Und es gibt keine anderen? Keine anderen, keiner spricht darüber. Wir lügen unser Umfeld an, Kollegen, Freunde, unsere Eltern, stecken Fragen mit einem Achselzucken weg und wechseln das Thema.

Verhöhnt haben sie uns, in den Zeitungen, im Fernsehen, der Wunsch nach Kindern überall. Kinder kriegen, kein Problem. Neuerdings Kampagnen, Großplakate auf den Straßen. Weniger Rente für Kinderlose. Verhöhnt. Wir haben versucht uns abzulenken, neue Hobbys gefunden. Sind gewandert und gelaufen bis zur körperlichen Erschöpfung. Doch deine Schuhe haben gedrückt.

Da haben wir weitergemacht.

Du hast dich darauf gefreut, als es endlich losging und hast zu spritzen begonnen, enthusiastisch am Anfang. Hattest viel verdrängt, von dem was hinter dir lag. Während der ersten vierzehn Tage Downregulierung warst du richtig gut drauf, trotz der Nebenwirkungen. Kein Problem, hast du gelacht, das Gegenmittel kommt ja bald. Hast drauf gewartet, dass deine Regel endlich kommt, nachdem du zwei Jahre lang gehofft hast, dass sie wegbleibt, hast gewartet, dass sie kommt, damit es endlich losgehen konnte. Hast dann mit der Stimulation begonnen. Viel höher dosiert als früher. Ein bisschen mehr Auswahl brauchen wir doch, hatten die Ärzte gesagt, und sie sind ja auch zwei Jahre älter jetzt. Glauben Sie uns, haben sie bekräftigt, als du ein bisschen komisch geguckt hast, wir haben da unsere Erfahrungen. Du hast dein Gegenmittel aus der Apotheke geholt, ein paar hundert Euro Zuzahlung, na ja, kein Problem, du wusstest ja wofür. Du hast dich gefreut, zuerst, als du stimulieren durftest, den kleinen Piks hast du meist in den Bauch gespritzt, die anderen weiter in die Oberschenkel. Nichts mit Bikini, hast du gelacht, und auf deine blauen Flecken gezeigt und irgendwann jeden Tag nach einem freien Fleckchen Haut gesucht. Nach ein paar Tagen bist du zum Blutabnehmen und zum Ultraschall gegangen, Eizellen-TV hast du das genannt, dann wieder und wieder. Zu klein, hat die Ärztin gesagt, auch beim nächsten Mal. Immer noch ein Rezept für die teuren Spritzen, immer weiter spritzen. Du hast Unmengen Wasser getrunken, dir Sojamilch geholt und tausend andere Dinge, die auf den schlauen Zetteln der Klinik standen. Du hast deine Eizellen weiter gezüchtet, auch wenn dir die geschwollenen Eierstöcke schwer wie Steine im Bauch lagen, du bist nicht mehr Rad gefahren und richtig vorsichtig gegangen, nachdem du einmal aufgeschrien hattest, als du ein bisschen zu schnell aufgesprungen warst. Dann ging alles ganz schnell. Ultraschall am Freitag früh. Das ist jetzt gut stimuliert, hat dir die Ärztin gesagt, als du schon gar nicht mehr daran geglaubt hast. Wir punktieren am Sonntag, hat sie gesagt, und du warst so glücklich. Punktion am Muttertag, hast du gesagt, wenn das kein gutes Zeichen ist. Du hast dir die Auslöserspritze in der Nacht vom Freitag zum Samstag gespritzt, dann blieb uns nur zu warten. Wir sind ganz früh in die Klinik gegangen, Punktion beim Professor. Ein paar Stunden später wollte ich dich abholen. Du warst schon lange wach, ein Stehaufmännchen, ihre Frau, hat die Schwester gesagt, aber dich trotzdem noch nicht rausgelassen. Später sind wir dann nach Hause gegangen, du hattest ein Schmerzmittel bekommen, warst als erste der Frauen angezogen, die Sonne schien und du wolltest unbedingt laufen. Alles war gut. Noch im OP hattest du gefragt, wie viele Eizellen der Professor gefunden hätte. Elf. Du warst nicht wieder eingeschlafen. Dann schlafen Sie zu Hause, hatte die Schwester gesagt, irgendwann kommt es immer. Doch auch zu Hause hast du keine Ruhe gefunden. Ich soll mich doch bewegen, hast du gesagt, noch eine Tablette genommen und bist aufgeregt rumgelaufen.

Am nächsten Morgen der entscheidende Anruf. Du hattest so einen Schiss, hast aber, abergläubisch, diesmal selbst angerufen. Drei, hast du gesagt, und, nach einer Pause, na dann alle, wenn es genau drei sind. Du bist heulend zusammengebrochen, als du den Hörer aufgelegt hattest, hast geschluchzt und geschluchzt und ich kam nicht an dich ran. Schlechte Befruchtungsrate, habe ich gedacht, sehr schlecht sogar, drei von elf, und dass du deswegen weinst. Dann hast du mich angelächelt, mich richtig glücklich angelächelt. Drei, hast du gesagt, drei befruchtete Eizellen, so weit waren wir noch nie.

Montag, Dienstag, Mittwoch, bis Mittwoch Mittag mussten wir warten. Du wärst am liebsten ständig ins Labor gelaufen, zu unseren Embryonen und hättest geguckt, wie sie sich teilen, wachsen, teilen. Bis Mittwoch Mittag mussten wir warten. Du warst schon auf dem Nachhauseweg vom Transfer, als ich dich abholen wollte, hast mir die Fotos von den Embryonen entgegen gestreckt, Nils und Nele und Annika. Du hattest ihnen Namen gegeben von Anfang an, seit sie dir die Ausdrucke gegeben hatten. Drei Embryonen, im OP mit dem Katheder direkt in die Gebärmutter gesetzt und du lagst zwischen grün gekleideten Ärzten und Schwestern im sterilen OP-Ambiente, ohne Narkose und fühltest dich unbehaglich und glücklich zugleich. Zwei der Fotos sahen nicht gut aus, ich bin sicher, du wusstest das, auch wenn sie dir versichert haben, dass die Embryonen in Ordnung wären und du sozusagen halb schwanger. Und du hast ihnen Namen gegeben, Nils und Nele und Annika, und sie mit dir rumgetragen, sie nachts unter dein Kissen gelegt, Nils, Nele und Annika.

Du hast zwei Wochen lang alles richtig gemacht, deine drei Liter Wasser getrunken und Sojamilch, du hast deine Folsäure geschluckt und gut gegessen und jedes Glas Wein abgelehnt, bist nicht Rad gefahren, nicht gejoggt, hast nicht gebadet. Du hast dir abends und morgens deine Kapseln eingeschoben, die in den Stunden darauf schleimig raussabberten und deine Scham verklebten, du hast deine nachträglichen Spritzen in der Klinik abgeholt, die du nicht mehr selber spritzen durftest. Du hast dich nicht zu viel und nicht zu wenig bewegt, hast heitere Filme gesehen und lustige Bücher gelesen. Du hast alles richtig gemacht. Du bist trotz Schmerzen gleich wieder arbeiten gegangen, weil dein Projekt fertig werden musste. So warst du abgelenkt und hast ein paar Stunden nicht nur an unsere Embryonen gedacht, an Nils und Nele und Annika.

Knapp zwei Wochen nach der Punktion hat das Murkeln in deinem Bauch angefangen und du hast Angst bekommen. Nach jedem Klogang hast du Spuren gesucht. Ich sehe was, hast du gesagt, die Regel kommt, und mir das praktisch weiße Stück Klopapier vor die Augen gehalten. Ein Hauch Blut vielleicht, ganz, ganz hell, wirklich ein Hauch. Du warst am Boden zerstört. Und hast die Anzahl deiner Kapseln erhöht und zusätzlich Magnesium genommen.

Du hast wieder mehr Hoffnung geschöpft, als zwei Tage lang das Klopapier weiß geblieben ist. Bauchschmerzen hattest du, ja, aber was wussten wir denn, ob sich nicht auch eine Schwangerschaft so anfühlt?

Wir sind zu Verwandten gefahren gut zwei Wochen nach der Punktion. Sie hatten ihre Kinder dabei und du warst großartig, im Smalltalk mit den Erwachsenen, beim Spielen mit den Kindern. Du bist andauernd zum Klo gerannt und hast gehofft, nichts zu finden, trotz immer stärker werdender Bauchschmerzen. Das Papier ist weiß geblieben und du hast Hoffnung gehabt. Noch bei der Abfahrt war es weiß, und im Auto haben wir gewagt, Pläne zu schmieden, von unserem eigenen Kind, von Kindern. Auf dem Rasthausklo hast du dann Blut gesehen, deutlicher diesmal, Zweifel ausgeschlossen. Du hast nichts mehr gesagt auf dieser Fahrt, nur stumm vor dich hingeweint, um Nils und Nele und Annika.

Du sitzt auf dem Boden und hämmerst auf deine Stiefel ein. Du klopfst und klopfst, und die Stiefel bleiben hart.

Kozienice

Ich starre auf das Telefon und warte auf deinen Anruf. Keine Ahnung, wovor ich mehr Angst habe. Dass du nervig bist und fremd und dick vielleicht und ich nicht weiß, wie ich die Stunde mit dir rumkriegen soll. Oder dass du mir gefällst, wie früher gefällst, und was soll das dann werden. Zwölf Uhr, zehn nach zwölf, viertel eins. Ich werde ruhiger, vielleicht kommst du ja nicht. Das Telefon klingelt, ich warte, einmal, zweimal, dann nehme ich ab. Lorenz. Hallo Lina?, Jens hier, ich fahre jetzt auf den Dom zu, hast zu Zeit? Ja, sage ich. In fünf Minuten? Ja, ich gehe dann los. Ich ziehe meine Jacke über, zupfe noch mal an meinen Haaren herum und betrete die Straße. Mir ist schlecht.

Schon als sie in den Bus umstiegen, war Lina übel. Schulabschlussfahrt nach Kozienice, ihre erste Reise ins Ausland. Die ganze Nacht waren sie durchgefahren. Ein bisschen gefeiert hatten sie, bis Herr Bosse Wind davon bekam. Übermüdet schwankte Lina aus dem Zug, auf das Häuschen zu, das wie ein Klo aussah. Ein mürrisch blickender Mann in Uniform stand am Bahnhof und ruderte wild mit den Armen. Er zeigte auf den Bus, rief irgendwas auf polnisch. Mir ist schlecht, sagte sie, ich muss brechen und machte eindeutige Gesten. Der Uniformierte ließ sich davon nicht beeindrucken. Мне плохо, versuchte sie es auf russisch, doch der Mann in Uniform und schließlich auch Herr Bosse schoben sie zurück in den Bus.

Ein Touristenbus versperrt mir den Weg. Ich bin schon kurz vorm Dom. Der Bus spuckt seine Insassen aus, Rentner zumeist. Miteinander schwatzend, stehen sie auf dem Bürgersteig. Ich schiebe mich irgendwie durch, weiter auf den

Dom zu. Dich sehe ich nicht. Ich will nicht stehenbleiben, will nicht verschluckt werden im Touristengewühl und gehe einfach weiter. Zwanzig Meter vielleicht, fünfzig, biege kurz in die nächste Straße, wende dann, gehe wieder zielstrebig auf den Dom zu. Schritte neben mir, Lina?, sagt jemand, Lina?, entschuldige, ich war am falschen Eingang. Ich wende mich um und du stehst vor mir, kleiner als in meiner Erinnerung. Unsere Gesichter sind fast auf einer Höhe, und ich vermeide es, dir direkt in die Augen zu schauen. Hallo, sage ich, und strecke meine Hand aus. Du ergreifst sie und ziehst mich an dich, drückst mich kurz. Wo gehen wir hin?, fragst du. Ich schlage ein Café vor, wo ich keine Bekannten vermute. Wir steigen in dein Auto, ich sehe etwas Eingewickeltes, denke noch, bloß nicht, und schon fasst du danach, packst einen kleinen Rosenstrauß aus. Für dich, sagst du, und ich spüre, dass ich rot werde. Hier können wir halten, sage

ich, wir steigen aus und laufen noch ein paar Meter.

Wie ein Spießrutenlauf war es am Anfang, wenn
sie das Lager verließen. Das Lager, wo sie unter
sich waren, zwei, drei deutsche Klassen und ein
paar polnische Jungs, etwas älter schon, die jeden
Abend plötzlich auftauchten, sich mit ans Lager-
feuer setzten, Schenkel an Schenkel eng an die
Mädchen geschmiegt sich unter die Wolldecken
stahlen. Wie ein Spießrutenlauf war es für Lina,
wenn sie mit ihren Freundinnen in den Ort ging,
nach Kozienice. Sie wagten kaum, deutsch zu
sprechen und doch merkten alle sofort, dass sie
Deutsche waren. Und immer hörten sie hinter
sich die Rufe, kurwa, verhalten, mal, kurwa, nazista, mal unverhohlen laut. Kurva, nazista, rie-
fen sogar die Kinder, und warfen mit Steinchen
nach Linas nackten Beinen. Was haben wir denen
getan?, fragte Lina, der Krieg ist vorbei, vierzig
Jahre vorbei. Und die Mädchen, in der Schule

zehn Jahre auf deutsch-polnische Freundschaft getrimmt, wussten keine Antwort.

Na ja, sagst du, wir waren auch nicht ohne. Du sitzt mir gegenüber und ich schaue dich an. Suche nach Vertrautem und sehe Bekanntes, deine grünen Augen, lange dichte Wimpern, volle Lippen. Und dieser Zug um deine Augenbrauen, leicht hochgezogen, fragend, fast ein wenig spöttisch. Wir waren auch nicht ohne, sagst du, und ich sehe Lina vor mir. Lina, wie sie im Laden stand, überwältigt von all dem Schnickschnack, den es zu Hause nicht gab. Kleine Schmuckschatullen, Porzellangeschirr mit Reiskörnern darin, Süßstangen. Und Haarschmuck. Spangen, Kämme, bunte Gummis, Reifen, Bänder. Und Lina, die noch nie in ihrem Leben etwas gestohlen hatte, griff nach der kleinen Haarspange aus Messing mit der schwarzen Rose, umschloss sie mit ihrer Faust, blitzschnell, fragte noch nach den Tassen mit den Reiskörnern und verließ dann den Laden ohne etwas zu kaufen.

Woran denkst du?, fragst du mich, und ich erröte. Da wart ihr ja noch gar nicht da, sagst du beruhigend, und ich merke, dass du von ganz anderen Dingen sprichst. Ihr habt nicht nur eine Haarspange geklaut oder ein paar Tafeln Schlager Süßtafel an die Polen verscherbelt. Lass mal, unterbreche ich dich, das will ich gar nicht wissen, das ist vorbei. Lange vorbei.

Vorbei war Linas Angst vor den Rufen, den Steinchen, als sie mit Jens zusammen war. Lief sie mit ihm durch Kozienice, Hand in Hand, umgab sie eine Hülle aus dickem, weißen Glas, an der die Steinchen kaum kratzten, an der die Flüche abglitten. Und sogar die Blicke ihrer Klassenkameraden, neugierig und forschend, drangen nur schwach und milchig durch das Glas und berührten sie kaum. Verschwommen nur nahm sie wahr, was um sie herum geschah. Seit sie zusammen war mit Jens, war Polen nur noch Kulisse, Kozienice eine Kleinstadt wie jede, das Lager mit seinem See, der Disko, den Bungalows, ein Ferienlager wie andere. Kulisse, Herr Bosse, der in den Zimmern überraschend auftauchte, Paare auseinander scheuchte, der oft auch grundlos bei den Mädchen im Bungalow stand, plötzlich, unvermittelt. Kulisse. Selbst Warschau, nur Kulisse. Kulisse für die Szene, in der Jens Lina eine Münze übergab auf dem Platz des Sieges. Zur Erinnerung.

Ich erinnere mich kaum noch, sage ich zu dir. Kleine Episoden höchstens, das meiste ist weg. Und die Rückfahrt?, fragst du. Wir haben die Tür abgeschlossen, weißt du noch? Ein paar von deinen oder meinen Leuten standen draußen im Gang und waren ziemlich sauer. Echt?, frage ich und grinse dich an. Und ich sehe, wie du dich freust über mein Grinsen und dass ich dir diesmal in die Augen schaue und deinen Blick halte. Und ich krame in meinen Erinnerungen, wühle und wühle, und dann, dann sehe ich Lina. Lina, die sich an Jens schmiegte, die versuchte, die letzten Stunden mit ihm zu genießen und doch die ganze Zeit an den Abschied dachte, den Abschied, der immer näher kam, mit jeder Station, die sie durchfuhren. Polnische Namen zuerst, dann deutsche, nur noch wenige Stunden. Draußen wurde es langsam hell und Lina, übermüdet, übermüdet und verliebt, konnte die Tränen nicht zurückhalten. Mensch, weine doch nicht, sagte Jens, und wischte ihr die Tränen weg, und sie weinte nur mehr und mehr und hasste sich dafür und konnte nichts dagegen machen. Jetzt haut doch mal ab, sagte Jens, und schob die anderen aus dem Abteil und schloss ab, von innen. Und er nahm Linas Gesicht zwischen seine Hände und küsste ihr die Tränen weg und küsste sie dann wie in Kozienice, stürmisch und ungeschickt.

Wie du wohl jetzt küsst?, denke ich, und muss grinsen. Ich schaue auf deine Lippen und werde rot dabei und wische den Gedanken schnell fort. Vorbei, lange vorbei. 21 Jahre, sagst du, 21 Jahre, wo sind die hin. Du hast dich wirklich kaum verändert. Das wäre ja schlimm, antworte ich, und denke an Lina, gerade sechzehn, wie sie im Zug saß und um ihre erste Liebe weinte. Der Abschied war kurz. Weine nicht, Lina, hat Jens gesagt, wir sehen uns doch wieder. Wir sehen uns wieder, Lina, mein Dorf, so weit ist das nicht. Völlig aufgelöst stand Lina zu Hause vor der Tür, und ihre Mutter erschrak nur kurz. Du bist verliebt?, fragte sie dann, komm, schlaf erst mal, das geht vorbei.

Lina wollte nicht, dass es vorbeigeht. Sie ging zur Penne und er in die Lehre, sie haben sich geschrieben und ihr Wiedersehen geplant. Nein, diese Woche nicht, Familienbesuch, muss sein, und nicht nächste, da ist Pferdemarkt. Ja, den Fahrplan habe ich ausgedruckt, drei Stunden, zweimal umsteigen, wenn ich meinen Mopedschein habe, wird es besser. Nicht traurig sein Lina, wir sehen uns wieder.

Und dann war er da. Er stand auf dem Bahnsteig mit seiner karierten Jacke und sie ging auf ihn zu und sie küssten sich, zart eher und schüchtern. Sie zog ihn mit sich in die Stadt, wohin, wusste sie nicht. Zu Lina, zu ihrer Mutter, wollten sie nicht. Cafés gab es fast nicht in der Stadt und Geld hatten sie beide nicht. So zogen sie stundenlang durch die Straßen, saßen an der Elbe im Nieselregen Arm in Arm und dachten an den See in Kozienice. Und merkten, wie weit weg das alles war. Dann standen sie wieder am Bahnhof und

hielten sich an den Händen. Mach es gut, sagte
Jens, und sie küssten sich. Komisch, dachte Lina,
manchmal ist das Wiedersehen erst die richtige
Trennung.

Nächstes Jahr will ich nach Polen, sagst du,
komm doch mit. Eine Reportage, Warschau, Ra-
dom, nicht weit bis Kozienice, komm doch mit.
Und ich stelle mir vor, stelle mir ganz kurz vor,
wie ich zurückkomme nach Kozienice, an deiner
Seite. Und ich sehe den Mann, den ich eigentlich
nicht kenne. Und ich habe plötzlich Angst um den
Jungen. Nein, sage ich schnell, nein, nicht mehr
nach Kozienice, das ist vorbei.

Aber wir sehen uns wieder?, fragst du, und ich
nicke. Bestimmt, sage ich, und lächle vage. Und
denke wieder, manchmal ist das Wiedersehen erst
die richtige Trennung.

Erde

Sieh dir meine Hände an, sagt der alte Mann. Richtige Hebammenhände sind das jetzt. Die alte Frau antwortet nicht. Sie umfasst seine weißen, seltsam glatten Hände. Umfasst sie vorsichtig, als wären sie aus Glas. Die kleinen Finger des alten Mannes verschwinden ganz in ihren Händen.

Die Hände des Mannes, richtige Pranken waren das, sind nie ganz sauber geworden. Immer war ein Rest Erde unter seinen Nägeln, die Haut rauh und braun.

Hebammenhände, murmelt der Mann.

Auch der Mann ist klein geworden. Jeden Tag, wenn die alte Frau das Krankenzimmer betritt, jeden Tag ist ein Stück mehr von ihm verschwunden. Erst von seinem Körper, der einst groß und kräftig war. Dann von dem Menschen. Von dem

Mann, der er einmal war, dem Freund, Gefährten, Geliebten.

Fast jeden Tag, wenn der alte Mann von der Arbeit kam, stand am Tor die alte Frau, um ihn abzuholen. Zusammen sind sie dann nach Hause gegangen. Der Geruch eines Ortes ändert sich nie, hatte die alte Frau damals gedacht. Neue Gerüche kommen hinzu, gewinnen an Kraft und verlieren sie, verschwinden wieder. Regen, Schnee, Sonne, ein fremder Wind verleihen ihren ganz besonderen Duft für eine kurze Zeit, doch der Geruch eines Ortes bleibt. Den robusten Landgeruch nahm die Frau auf ihrem Weg wahr, den starken Geruch nach Erde, kräftig, ein wenig modrig, den Geruch, der ihr damals so fremd und unangenehm war. 1944, als sie mit dem Lastwagen aus der zerbombten Stadt hinaus zu den Behelfsheimen gefahren wurden.

Zögernd sind sie damals ausgestiegen, haben ihr künftiges Zuhause angesehen. Schuppen in einer ehemaligen Gartensiedlung. Die alte Frau, gerade sechzehn, zog mit ihrer Mutter und ihrer Großmutter in die erste Parzelle. Zwei winzige Räume, ein kleiner Gasherd in dem etwas größeren Raum. Kein Strom, kein Wasser, Plumpsklo, ein alter Brunnen im Garten. Sie waren glücklich, es zu besitzen.

Sie haben gehungert in den ersten Jahren. Und gefroren. Auf jedem freien Fleck haben sie Gemüse angebaut. Wie froh war die Frau, als am Ende des ersten Winters in einem Winkel des Gartens trotzdem Blumen wuchsen, Schneeglöckchen, die sich durch die kalte, fast noch gefrorene Erde hinauf ins Leben stießen, zarte weiße Blüten entwickelten, die sich öffneten und den Frühling ankündigten. Das Leben geht weiter, sagte die Frau zur Mutter und Großmutter.

Die Frau begann sich einzuleben an dem neuen Ort, fernab von der Stadt, aus der sie kam. An den kräftigen, herben Geruch nach Land, nach Erde, hatte sie sich gewöhnt, ja, hatte ihn lieben gelernt. Geruch, der sich, im Sommer vor allem, mit dem Gestank der Siedlung mischte, nach Kot und Vieh, nach zu vielen Menschen.

Jahre später, als der Krieg längst vorbei war und im Garten schon der Mann mit der Frau lebte, haben sie den alten Schuppen abgerissen und ein kleines Haus gebaut. Die Wohnungsnot war groß im Ort und die Menschen in den Behelfsheimen hatten Nachricht erhalten, dass sie bleiben durften. Auf dem verwilderten Gelände wuchs langsam eine kleine Siedlung, bescheiden zwar, doch mit richtigen Häusern. Und richtigen Gärten. Kartoffeläcker und Rübenbeete, Kohl und Bohnen wichen nach und nach Rasenflächen und Blumen.

Statt Hühnern und Kaninchen sah man bald Gartenzwerge und Goldfischteiche.

Vieh hatten der Mann und die Frau sowieso nie gehabt, weil sie die Tiere nicht töten konnten, auch nicht, als sie gehungert haben. Doch Obst und Gemüse haben sie weiter angebaut, auch in den guten Jahren, und für den Winter haltbar gemacht, eingekocht, eingelegt. Die Frau hat im Ort die Post ausgetragen. Sehr früh am Morgen ist sie aufgestanden und von Haus zu Haus gegangen. Die Kinder des Dorfes hat sie groß werden sehen, jedes einzelne gekannt. Auch der Mann hat im Ort gearbeitet. Und jeden Tag, wenn er von der Arbeit kam, stand am Tor die alte Frau, um ihn abzuholen. Zusammen sind sie dann nach Hause gegangen, in ihren Garten. Haben ihre Beete bestellt, Obst und Gemüse angebaut, geerntet und Säfte eingekocht. Auch die Blumen haben sie geliebt. Besonders die Schneeglöckchen, die der

Frau in ihrem ersten Jahr dort Kraft gegeben haben. Diese bescheidenen Blumen, die so zierlich und zerbrechlich wirken und doch stark sind und robust. Jedes Jahr waren sie die ersten, die ihre Köpfchen gegen Ende des Winters der Sonne entgegenstreckten.

Auf ihrem morgendlichen Weg mit dem Postfahrrad von Haus zu Haus erfuhr die Frau meist als Erste, wenn im Ort neue Dinge geschahen. Von Abrissarbeiten erzählte man sich und dass Orte wieder aussähen wie nach dem Krieg. Von riesigen freien Flächen sprach man, von einem gigantischen Loch und von Pumpstationen, die das Grundwasser abpumpen.

Eines Tages war der Brunnen im Garten des Mannes und der Frau leer. Auch andere Brunnen im Ort enthielten bald kein Wasser mehr oder so wenig, dass sie nach Entnahme von ein, zwei Eimern völlig erschöpft waren. Die Erde im Garten wurde sandiger und konnte kaum noch Wasser speichern.

Irgendwann sahen sie es auch vom Dorf aus: Ein Kraftwerk wuchs, wuchs Woche für Woche, Monat für Monat und erhob sich schließlich kathedralengleich am Horizont. Auch die Geräte konnte man aus der Ferne erkennen. Riesige Bagger, endlose Brücken und andere Monster aus Eisen.

Einmal sind der Mann und die Frau hingefahren. Sie haben ein Dorf besucht, das sie noch von früher kannten. Jetzt war es menschenleer, die meisten Häuser schon dem Erdboden gleichgemacht. Auch die Kirche, einst Wahrzeichen des Ortes, stand nicht mehr. Zwischen den Ruinen, dem, was vom Dorf übriggeblieben war, standen der Mann und die Frau und dachten an die zerbombten Städte, aus denen sie stammten. Und die Frau

weinte: Aus Trauer um das, was sie verloren
hatte und aus Angst um das, was sie verlieren
würde.

Sie fuhren weiter zum Tagebau. Sehr, sehr langsam, doch beständig baggernd bewegte sich ein
Schaufelrad auf den Mann und die Frau zu. Neben ihnen Pumpen, die kostbares Grundwasser in
riesigen Mengen aus dem Boden holten. Der Leib
der Erde wurde von Maschinen aufgerissen.
Monster, riesige Monster, die sich unbeirrt und
immer weiter in die braune Erde fraßen, bedient
von Menschen, die winzig klein aussahen neben
diesen Ungetümen, halb so hoch vielleicht wie
die Ketten, auf denen sie fuhren.

Der Mann und die Frau sind nach Hause geflüch-
tet, in ihren Garten. Mit ausgebreiteten Armen
hat sich der Mann auf den Boden gelegt, seine
Hände in die Erde gegraben.

Von immer mehr verschwundenen Dörfern erfuhr die Frau auf ihrem Weg von Haus zu Haus. Alles, alles fraßen die Monster. Ob uralte Eichen, Landschaft, Alleen, alles wurde abgeholzt, ob Kirchen, Klöster, Denkmäler, ob Straßen, ob Häuser, alles zerstörten die Monster mit ihren riesigen Schaufelrädern. Alles machten sie dem Erdboden gleich. Eine Mondlandschaft blieb.

Als der Mann begann, in der Kokerei zu arbeiten, hat die Frau ihn nicht mehr abgeholt. Sie hasste den Tagebau, sie hasste das Kraftwerk, die Kokerei, sie hasste alles, was damit zusammenhing. Am meisten hasste sie den Geruch. Ein neuer Geruch war es, der sich in den Ort schlich, erst zaghaft mit dem Wind hinüber wehte, immer öfter dann, der sich ausbreitete und schließlich blieb, wie eine Haube über dem Ort, über dem Garten hing und nicht mehr wich. Schlimmer noch war der Gestank, den der Mann mitbrachte, jeden

Abend, wenn er schmierig und kohleverklebt nach Hause kam.

Auch das Antlitz des Dorfes änderte sich, eine schwarze Schicht wuchs auf den Dächern, den Straßen, den Wegen, Kohlenstaub überall.

Wir sind auch dran, erfuhr die Frau eines Morgens, wir müssen raus. 30 Kilometer weiter nördlich sollte das Dorf neu entstehen. Die ersten zogen von allein weg, junge Leute, die nicht warten wollten auf das neue Stückchen Erde, das ihnen zugeteilt werden sollte. Der Mann und die Frau waren nicht mehr jung, sie wollten bleiben in ihrem Garten, in ihrem Ort, so sehr er sich auch verändert hatte. Immer öfter traf die Frau morgens auf ihrem Weg auf vernagelte Fenster, auf zugemauerte Türen, musste Briefe und Karten mit zurücknehmen in die Post, unzustellbar. Ein Schild am Fenster, wir sind umgezogen, die Scheiben schmutzig, der Briefkasten zugeklebt.

Die Menschen im Ort, aufgebracht zuerst und wü-
tend, resignierten, fügten sich in das wohl Unver-
meidliche.

Haus um Haus entstand im neuen Ort, Familie um
Familie zog um. Der alte Mann und die alte Frau
blieben bis zuletzt. Als das Dorf schon ein Geis-
terdorf war, halb zerfallen, halb abgerissen, und
auch sie nicht mehr bleiben konnten, haben sie
die Schneeglöcken ausgegraben, jede einzelne
Blumenzwiebel sanft in einen Korb mit Erde ge-
bettet. Mit dem Korb auf dem Schoß hat man zuletzt auch sie weggefahren, noch einmal vertrie-
ben, noch einmal verpflanzt.

Ein letztes Mal sind sie in den Ort gefahren, als
ihr Häuschen abgerissen werden sollte, endgültig
dem Erdboden gleichgemacht. Das Dorf lag da
wie im Dornröschenschlaf, kein Mensch, kein

Tier war auf den Straßen. Wie leere Hüllen standen die Häuser grau und schmutzig im Nichts. Der Bagger rollte auf ihr Haus zu, seine Schaufel, erhoben, schlug hart gegen den Giebel. Krachend fiel der zu Boden.

Der alte Mann ist bald krank geworden. Husten zuerst und Heiserkeit, dann hat er Blut gespuckt und nur noch rasselnd geatmet. Der Mann ist dünn geworden, klein. Jeden Tag, wenn die alte Frau das Krankenzimmer betritt, jeden Tag ist ein Stück mehr von ihm verschwunden.

Die alte Frau sitzt am Bett des alten Mannes und umfasst seine Hände. Umfasst seine weißen, seltsam glatten Hände, vorsichtig, als wären sie aus Glas. Zeit zum Gehen, sagt die Schwester. Nein, erwidert die alte Frau. Nein. Diesmal bleibe ich.